# Rooh-E-Ishq

## The Soul Of Love

Published By

# Rooh-E-Ishq

## The Soul Of Love

By

# Ajaz Ahmed

# ABOUT THE AUTHOR

AJAZ AHMED,  a young poet from Jammu and Kashmir (RAJOURI) had started writing since a very early age. He is the co-author of various anthologies and many of his poetries got published in blogs and various newspapers.

This book is his first solo book.

Contact details

Instagram :- @ajaz___ahmed

WhatsApp :- 9797342559

Snapchat  :-  ajaz2429

# ABOUT THE BOOK

The book ROOH-E-ISHQ (THE SOUL OF LOVE) is full of thoughts, feelings, emotions and imaginations every poetry has a different story. And the reason for publishing this book is nothing more than the love and obsession for writing. Prior to this I worked as a co-author in various anthologies.

This book is damn close to my heart as it is my first solo book and I feel really happy and blessed to dedicate this book to my MOM, DAD & Elder brother.

Finally I'm very thankful to PWO team who took great pain to finalise the project and completed in a record time. I welcome constructive advice & comments from the readers which would guide me in future.

# Dedicated To Maa

POETRY WORLD ORG.

Dil Mai bassa hai ak armaan  Meri Maa
Ho jaaon Terai naam pa kurbaan  Meri Maa
Terai naam ki Hain barkatain fazeelatain kitni
Hain charchai terai aayat-e-quran  Meri Maa

Tu Deen mera Tu hi  Emaan  Meri Maa
Vaar du Mai tuj pai jahaan  Meri Maa
Jo aanch aye Teri izzat pai Zara bhi
Kru ga khud hi Jung ka Elaan  Meri Maa

Bin terai yeh Ghar hai Veraan  Meri Maa
Ak Tu hi tou hai meri Nighabaan   Meri Maa
Teri duaoon nai na sar jukne Diya kabi bhi
Terai naam sai Hain mushkalain Asaan  Meri Maa

Kesai Mai bhuloon dhood ka Ahsaan  Meri Maa
Sadha Tu rehna muj pai Meharbaan  Meri Maa
Hai mukaam-e-jannat bhi terai kadmoon tallhe
Ajaz" ab tareef Mai likhai Teri kya Shaan Meri Maa

Likha Nahi jaa raha
Shayad dard Kuch kum Hain ajj
Yaad Nahi aye vo Zara bhi
Aur naa hi annkhain num Hain ajj

Jaane kya hua assar
Kee ghayab sare ghum Hain ajj
Urooj pai Hain khushiyan
Aur raaz-e-khushi bhi hum Hain ajj

Ab kya likhain kisprr likhain
Kyukrr likhain chal sochtain Hain ajj
Ghum-e-yaar shayad mit gya
Muddha koe Naya khojtain Hain ajj

Roog-e-ishq  astagfarallah!
Galti hui baaloon ko nochtain Hain ajj
"Ajaz"  Tera sath tapke jiske ansoo
uss kalam ko maafi-nama soptain Hain ajj

Ghum-e-yaar Mai Hain mubtallah bimar ajj kll
Yuh lag rhai Hain maout Kai assar ajj kll
Hain naffratain urooj pai ke hll nhi koe
Murjha Gaye Hain payar Kai ashjaar ajj kll

Ghaiyab sukoon hrr janib hai cheek-o-pukaar ajj kll
Hrr rishtay Mai galatfahmiyan Hain beshumaar ajj
kll
Aur Apne ilzaam dusroon Kai srr pai dal krr
Masoom ho Gaye Hain Dekho sub hatakaar ajj kll

Yuh naffratain ghool rhai Hain sullahkaar ajj kll
Mazhab pai siyasat horhi sarr-e-bazzar ajj kll
yeh muhabbat ka gulastaan abb srr kalam pai hai
tullah
Jane kyu hogayi hai  ba-mayaan hrr talvaar ajj kll

Dooghle Hain chahrai hai hrr koe yaha khudaar ajj
kll
Jane wafa bhool Gaye Hain kyu wafadar ajj kll
Aur suna hai lahoo bahitaa hai kalam sai unki
"Ajaz" terai charche sar garam hain hrr akhbaar ajj
kll

Tumhara Dil, zubaan, hrr ak addha Jhoot tha
Ishq-e-yaar Mai mana khuda  Jhoot tha
Hum tou bhool Gaye tareeqa muskuranai Kai
Tum royai Thai hoo krr juddha  Jhoot tha

Vo payar ki hrr ak saddha  Jhoot tha
Tum ishq Mai hum prr feddha   Jhoot tha
Tum nai chor diye jse intzar tha isi pal ka
Hum nai jo Bola tha alwiddha  Jhoot tha

Vo insaan tha Mera dilbaar  Jhoot tha
Sapna bssane ka sath Ghar  Jhoot tha
Hum nai roo roo krr daryaa baha diye
Thi unki bhi annkhain thaar  Jhoot tha

Vo nadamat Mai juka sar   Jhoot tha
Andherra mehboob Kai dhar Jhoot tha
Ajaz" tumhare Dil Mai ho chuke shagaf kitne
Unko bhi lage sadhmoon Kai khahnjar  Jhoot tha

Sambala na Jaye ga yeh payar muj sai
Yeh kuchh pal ki mujko khudai na dai

Maana khubsoorat hai duniya yh jannat sai zaidha
Mujh ko terai seeva Kuch dekhiye na dai

Yuh saanse Mila krr meri saans sai
Mujko khud sai ab itni judhiye na dai

Hai Sangeet Mera Tera naam ka teerana
Mujko iske seeva kuch sunai na dai

Yeh dard-e-muhabbat Mai ha sukoon Kitna
Ab Iss dard kii mujko koe daavai naa dai

Teri addhaon sai  waqif hu meri jaana
Yuh mujko Tu itni saafai  na dai

Hai madhoosh kitna ishq-e-yaar Mai Tu
"Ajaz" kyu Teri aakhrit tujko dekhiye na dai

Badal Raha hai rang asmaan Jane kyu

Har paryinda Chahta hai unchi udaan Jane kyu

Badal rahi hawaayan mizaaj is qadar

Veeran ho Raha yeh Jahaan Jane kyu


Khander sa ho Gaya Mera makaan Jane kyu

Karobaar-o-nafrat ki khul gyi dukaan jane kyu

Udaasiyon ka moosam hai is qadar chaiya

Har Gali muhalla lag Raha shamshaan Jane kyu


Hua nafratoon ki Jung ka Elaan Jane kyu

Rishtoon Mai aa gyi yeh chataan Jane kyu

Jub sai Mili kalam gum hai apni duniya Mai

Ajaz" bhool gya chlana teer-o-kamaan Jane kyu

Tera naam sunai da ga kabi dharkan ko Tu sun Lena

Yeh maala bane gii lambi her sans k Mooti bun Lena

Ajj parchi Kati Hain ishq walo ke naamon kii

Mai Tera huu meri Jaan Tu muj ko chun Lena


Grr naam Dekh krr Yaad aaon ,yaadon Mai Tu kho Lena

Teri  galtiyan terai samne jee bhar ke Tu roo Lena

Sajta bhaut hai Teri ankhoo Mai yeh Kala Kajal

Kurbani-e-ishq samaj krr ajj ansoo sai Tu dhoo Lena


Khwaboon Mai na Dekh ,kabi chain sai bhi tu soo Lena

Jhootai waadha Sarai ,unn baaton Mai bhi khoo Lena

Abb namumkim sai hai Mila "AJAZ"  tumko

Umeed pai duniya kayam, umeed Kai beej Tu booh Lena

Galat hu Mai tum bhi jaano muje galat
Tum Socho muje galat thano muje galat
Duniya Mai Jhoot bikta sare'amm ajj kl
Tum Sachai choro bss maano muje galat

Janchoo muje galat tatoolo muje galat
Ba'khoof hokrr tum bhi  bolo muje galat
Paldhe durusat huai tou kya hua jaana
Alfaazoon ka tarazoo Mai tollo muje galat

Sapne merai galat meri Raat bhi galat
Zubaan sai nikli meri hrr baat bhi galat
Aziyatoon sai bhar gayi Zindagi is qadar
Khud hi muj ko Lagta meri zaat bhi galat

Subha meri galat aur sham bhi galat
Paye sefarishon sai Jo  inaam bhi galat
Matlab kya Mera naam ka ? Khi faqeer to nhi
Ajaz" aur mojza ? huh Mera naam bhi galat

Asa lag Raha hai shayad Marr chuka hu Mai

Yuh Khud hi khud ka katal karr chuka hu mai

Khoon Kai aansoo Mai ab tahera Nahi jata

Naam-e-ishq sai Lagta bhaut darr chuka hu Mai


Muhabbat Kai samander Mai tarr chuka hu Mai

Patjhad sii  Zindagi aur jhad chuka hu Mai

Umeed naam sai ab Zara b umeed nhi mujko

Jung-e-muqader ki haar jeet Mai ladh chuka hu Mai


Ghamoon ki agg Mai jall sadh  chuka hu Mai

Parashaniyoon ki farhist Mai sbse agge badh chuka hu
Mai

Harr qadam Mila sabaq kabi naa bhoolne wala

"Ajaz" Zindagi Kii Chand seedhiyan Chad chuka hu Mai

Aa sath baith Kuch baat krain

Gillah hai Joo bhi saaf krain

Hui Hain galtiyan doonu sai

Chal akk  duje ko maaf krain


Aa naye duniya ak abaad krain

Fir sath  ishq Mai  jahaad krain

Yeh marz-e-judaye naa falhe kbi

Chal apne rub sai yeh firyaad krain


Aa mehsoos sare raaz krain

Talaash ishq-e-ilfaaz krain

Ak duje Mai Yuh ghum hoo krr

Chal muhabbat apni pai naaz krain


Aa taraq sare zaat krain

Kch mil krr asa sath krain

"Ajaz" Na bhool payain Jaan krr

Chal Yaadgaar asi ak Raat krain

Abb kya btaoon kintai Nayaab  ho Tum

Payar jiski tabheer vo khawaab  ho Tum

Muhabbat Kai samander Mai dubki lgao kabi

Darya-e-ishq Mai  abhi  Payaab  ho tum


Suna Milne ki hasrat maj Baitaab  ho Tum

Yeh chaand hai yah ba'nikaab  ho Tum

Sawaal Hain merai zahen Mai lakhoon

Hrr sawaal ka mumkin Jawaab  ho Tum


Jo nakiyoon sai paya vo sawaab  ho Tum

Sukoon jisko sahine Mai vo Azaab  ho Tum

Jala Kai rakh dii jis nai muskaaan meri

Meri ankhoo sai bahita Tezaab  ho Tum


Kitaab-e-zindigi ka meri her baab  ho Tum

Imtehaan-e-zindigi Mai meri Kamyaab  ho Tum

Khushboo sai mehak rahi hai Zindagi Jaana

Ajaz" ki Zindagi Ka khilta Gulaab  ho Tum

Murjha Gaye ashjar Jo Neelai thai kbi

Maidaan ho gye Jo unchai Teelai thai kbi


Kabi duniya dewaani thi uss awaaz kii

Be'surai ho gaye Surr Jo sur'ella thai kbi


Unn chaheroon pai payar Jo gusselai thai kbi

Chashmai sookh gye ankhoon k Jo gilla thai kbi


Ab Jane kyu duniya ki fikroon sai door Hain

Jo bantai subki musibatoon Mai wasilla Thai kbi


Mazboot krr liye irradha Jo delai Thai kbi

Vo sanp dasne lage firsai Jo keelai thai kbi


Yeh duniya hai yahaan badalti hawa hrr pall

Ajaz" ba'haya  huwa vo log Jo sharmeelai Thai kbi

Suna hai bhaut udaas Hain voo
Btao unko Dil Kai kitne pass Hain voo
Naa aaye mujko chain ki saansain
Meri khusi ghumi ka raaz Hain voo

Alag duniya sai asai zaat Hain voo
Merai hrr muddha ki baat Hain voo
Paak ho Jaye mri rooh ak jalak sai unki
Mano shab-e-barat ki Raat Hain voo

Meri izzat shohrat aur naaz Hain voo
Hrr ghazal ka meri alfaaz Hain voo
Sub khtai kya jaado hai hatoon Mai
Ajaz" ki kalam ki taqat ka raaz Hain voo

Uddas ankhai zulaf bikhri yeh tasveer Dekho tou

Kyu khoon Mai lat pat jannat-e-kashmir Dekho tou

Khwaboon Mai dikh rha kyu jung-e-karballa

Merai iss khawaab ki koe tahbeer  Dekho toh

Duniya madhoosh panai Mai jageer Dekho tou

Ameer hona Chahta hai ameer Dekho tou

Naa-haq katai Hain Dekho sar yahan kitnai

Gawhai dai rhi deevar pai tangi shamsheer Dekho

tou

Likhi lafzzon Mai khoon sai tahreer Dekho tou

Kisnai keenchi nafrat ki yeh lakeer Dekho tou

Anjane Mai kho Gaye rishtay muj sai kitnai

"Ajaz " Mila unko firsai asi koe tadbeer Dekho tou

Tootai Hain merai Jo ajj khawaab likhtai Hain
Kitaab-e-zindigi Mai aa ak naya baab likhtai Hain
Khat-o-paigaam ki baat krain gai fir kabi
Diya Thai pyar Mai Kitna sare gulaab likhtai Hain
Tuj sai milai Hain Jo chl vo azaab likhtai Hain
Tutti khawaishoon ka ajj hisaab likhtai Hain
Mehboob nai kholi Hain sawaloon Hain gathriyan
"Ajaz" kalam utha chal jawaab likhtai Hain

Bhaut hui ba hayai chlo taleem seekh lain
Khi Barbad ho na jayai  chlo  taleem seekh lain
Safeena paar lagaye chalo taleem seekh lain
Umeed ka deep jalaye chlo taleem seekh lain

Aao itifaahq ko badhaye chlo taleem seekh lain
Haan insaniyat jagaye chlo taleem seekh lain
Kyu mazhab pai ladhaye chlo taleem seekh lain
Muhbbatain badhayin chlo taleem seekh lain

Aao Ghaflatain metayain chlo taleem seekh lain
Elam ka Diya  jalaye chlo taleem seekh lain
Roshni jahaan Mai felaye chlo taleem seekh lain
Band ankhoo ko khool ayain chlo taleem seekh lain

Zaatoon ko tark kr lain  chlo taleem seekh lain
Shi galat Mai farq krr lain chlo taleem seekh lain
Jahallat na gharaq krr la chalo taleem seekh lain
Ajaz ishq-o-kalam-o-warq sai phle chlo taleem seekh
lain

Mera naam sai Tera naam hai

Tera naam sai Mera naam hai

Jo khoo gya akk naam bhi

Tou yeh Zindagi  ba-naam hai


Jiya hu khud ka naam pai

Maru ga Tera naam pai

Meesal-e- ishq-e-majno

Kurban  unke  naam  pai


Mera hrr ilfaz hai naam Tera

Tera naam hi hai kalaam  Mera

Reet-e-duniya ko bhool jaa

Tera naam hi hai salaam  Mera


Meri  Zindagi Tera naam hai

Meri  bandagi Tera naam hai

"-Ajaz" naa krr Yuh ishq-e-kabira

Tera  khud ka bhi koe naam hai ....

Ishq-o-muhabbat bhool Gaye

Hum Addab-o-izaat bhool Gaye

Zakhm-e-muhabbat Hain khayee

Abb  khanne ki lazzat  bhool Gaye


Ranj-o-musibbat bhool Gaye

Hum Aah-o-dard bhool Gaye

Injam-e-ishq Jaan Kai bee

Yuh faansi pai kyu jhoul Gaye


Dard-e-judaai bhool Gaye

Jo choot thi khaye bhool Gaye

Mehboob ki ankhoon Kai ansoo

Jo raaz chupaye sb bhool Gaye


Addab-o-izaat bhool Gaye

Tahzeeb-o-saqafat bhool Gaye

yhh ishq-e-duniya barbad naa krr dai

"-Ajaz" tum sajjda Karna bhool gayee ....

Safeed auraq pai haal-e-dil Likha
Kuch Yuh Likha kee sukoon aa Gaya

Koe ma samja alfazoon ko merai
Uss bewafa nai Dekha Tou ankoon sai khoon aa gya

Tapktai Dekh unki ankhoo sai ansoo
Kuch pal ke liya yuh laga kee  monsoon aa gaya

Hum Tou haal-e-dil likh krr maghroor Thai sahib
Vo bhi Thai ashiq unko bhi ishq ka jhunoon aa Gaya

Fir aggle pal Mai manzir Kuch is qadr palta
Gillah-e-yaar ka maano hum pai tufaan aa Gaya

Vo bolai toot krr chaha tha hum nai tumko
Abb kya krain joo beech Mai zallim jahaan aa gaya

Firsai ho sakte Thai rishtai mukammil
Jaane kyu  galatfahmiyon ke bandar-o-butaan aa
Gaya

Aur krr Kai badnaam apni kalam sai mujhe
"Ajaz" Tu Bana firta jase ashiq mahaan aa gaya

Kon kub muh moodh da  khabar nhi koe

Kon dil-e-umeed toodh da khabar nhi koe

Char din kii Zindagi jii loo payar sai

Kon  kub  Saath chod da khabar nhi koe


Kon kitne ghum chupa rha khabar nhi koe

Kon kitne sapne sajja rha  khabar nhi koe

Kon madhoosh duniya ki khushiyoon Mai

Kon khud Galla daba rha  khabar nhi koe


Kon apna kon praya  khabar nhi koe

Kon kisko Kitna sataya  khabar nhi koe

Yeh duniya yha baatain falthi agg ki Tarah

Kon kisko kya bataya khabar nhi koe


Kon kyu apna banaya khabar nhi koe

Kyu kispai Haq jataya khabar nhi koe

Mangata hu maafi Dil sai roo krr sbsai

Ajaz" kub kiska Dil dukhiya khabar nhi koe

Rangeen thai jabeen thai

Alfaaz nhi tareefon ko woo din vo log sb haseen Thai

Unn ankhoon Mai sachai thi woo chahre hi masoom

Thai

Hiyee meethas Ase zubban pai ke baaton sai Dil jeet

gai

Najane kbb palak japakte vo sare din ab beet gai


Hiyee woo maa ki goudh Mai Sona

Un   Kheloono ke liya zidd krr Kai roona

Yaad krr ke wo sare baatain ab hasta hai Dil

Fir sai lout aa Mera bachpan tuje tarasta hai Dil


Wo dost wo Tiffan wo baatain bhaut Yaad atti Hain

Bafekra tha Mera bachpan sare musibat uske baad

atti Hain

Hosh sambala tou Jana yaha mazhab ,firke aur zaat

atti Hain

Ab Chahre sai tou Khush hu Mai per ankhoon sai
barish hrr Raat atti Hain
Lout aa Mera masoom bachap Teri bhaut Yaad atti
Hain

Umer kya badhi ghum hi bhad Gaye
Choti si galat-fahmi sai meelon Kai fasslee padh
Gaye
""Ajaz""Tera dil Mai Kuch zubaan pai Kuch ankhoon
Mai Kuch yeh baat chahe Tu maan Nahi
Bikhar chuka hai Tu Ander sai wrna yuh kalam utha
krr likhna ittna bhi assan Nahi ....

Tum ko tum hi sai churiya hai tumhe khabar nhi
Laboon sai palkoon tak sajaya hai tumhe khabar nhi
Tumhare ghum ka jaam  pee Kai jaana
Humnai tum ko hasaya hai tumhe khabar nhi


Khayaloon Mai  seena sai lagaya hai tumhe khabar
nhi
Tumhare Dil ko ishq pai manaya hai tumhe khabar
nhi
Suna ba'chain ho neend bhi gayab hai Tumhari
muhabbat nai ratoon ko jagaya hai tumhe khabar
nhi


Kis ghum nai sataya hai tumhe khabar nhi
Kyu chiraag-e-khushi bujaya hai tumhe khabar nhi
Yeh meethi baatain sun krr sub raaz khool Diya
Ajaz " nai kis jaal Mai fasaya hai tumhe khabar nhi

Ajj rootai muj ko Dekh Lena
haal-e-dil likhne lga hu

Naa noor-e-yusaf haseen chahera
kyu hrr gali bikne lga hu

Kabi sawan ki barish ka dar tha
Ajj ansoon Mai beegnai lga hu

Bardash-e-hadh tkk tha seh liya
Intaha-e-dard Mai cheeknai lga hu

illm hasil krr krr thak chuka
Sabak-e-zindigi bhi seekhna lga hu

Dhooke Diya Hain Jane kitno koo
"Ajaz" Kiya wadhoon pai tikne lga hu

Bewafai Mai Teri Mai kahaniyan likh doon
Dard-e-ishq Mai Teri meharbaniyan likh doon
Kurbaan terai iss noori chahrai pai Jaana
Barbaad Kari Hain kitni jawaniyaan likh doon

Sambaal Rakhi barsoon sai Jo nashaniyan likh doon
Khoya rehta Jin Mai haraniyaan likh doon
Mera aaina kbsai ho chuka hai ba'aaqs
Bhool chuka hoon Jo khush'gumaniyan likh doon

Aa terai wadhoon Kai jhootai Safar likh doon
Zakhm-e-muhabbat mai kya hotai asar likh doon
Tum tou madhoosh Thai nafrat ki tajarat Mai
Ishq Mai khaiye kitne zakham-ba'sabar likh doon

Hain fahli shaher Mai Jo Teri khabar likh doon
Kamyaabi-e-ishq Mai Imtehaan-e-sabar likh doon
Ajaz"" dil-e-nadaan ki bss ak hi hai arzoo
Kaatai khushiyoon Kai merai shajar ba'samar likh
doon

Tera hussan ki tareef Mai madhoosh sare Chand tare
Hai kesa noori chahera charche krr rhai loog sare

Moorni si chaal heerni sii ankhai Dekho
Teri hrr akk addah jse ksi waadhi Kai haseen nazare

Taras rhai Thai kub sai deedar ko jaana
Mil Kai lag Raha pure hogye Dil Ka armaan sare

Ak gazal sai hogi unki Shaan Mai gustakhi
Ajaz " likh rha kitaab kre bayaan joo andaaz
Tumhare

Yeh merai hii amaal ka khamayaza hai
Marham Nahi koe zakhm abi tazza hai

Ab saans Lena Ka maan nhi duniya Mai
Rooh zinda hai aur jism Bana janaza hai

Koe Nahi hota apna Apne sewa jaana
Yeh duniya khudaar lagaya mane andazaa hai

Har janib fahl rahi Hain nafrat ki hawa
Kyu band ho Gaya muhabbat ka darwaza hai

Unko ko Lagta hai cheen lai gai saltnat meri
Ajaz "" Apne hi khayaloon ka shahzada hai

Hui galtiyan bakshwaa Kai attai Hain

Roothai Yaar ki manaa Kai attai Hain


Wo bhool chuke Hain shyad humko

Chalo apni Yaad dilla krr attai Hain


Gharoor Mai jee liya bhaut din

Ishq-e-yaar Mai sar juka krr attai Hain


Ajj bhat rhai hai muhabbat yaro

Unke dar pai daman filha krr attai Hain


Izzat shourat doolat waar chuke kubke

Bachi Jaan ajj lutta krr attai Hain


Ishq ho gya jub fir darna kis sai

Ajaz" kurbani-e-ishq Mai sar kata kr attai Hain

Kuch toota dikh rha hai ankhoo Mai

Sapna koe bikhra dikh Raha hai ankhoo Mai

Hrr mukaam hasil krr chuke ho duniya ka

Ishq ki nakaami dikh rahi hai ankhoo Mai


Kyu Darya sa beh raha hai ankhoo Mai

Yeh ansoo tahera kch keh Raha hai ankhoo Mai

Barbadi ki hadh tkk barbaad ho Gaye

Gawahi daa Raha joo laal rang ankhoo Mai


Yeh kis kaa naam chupa rakha hai ankhoo Mai

Muhabbat ka Kanata chuba rakha hai ankhoo Mai

Bhool chuka nadaan kya hoti khushiyan

Ajaz " kyu maatam mana rakha hai ankhoo Mai

Mehkhana khula hai kya koe ?
Ajj jee bhar Kai jaam peena hai

Doo payaloon mai khoo jate hoosh aqsr
Aj mehkhana muhabbat ka naam Pena hai

Dard dard dard bhaut hua yeh khail
Ajj har zakham-e-ishq seena hai

Muhabbat ke hadoon Kai kaid panchi
Hua azaad ab marzi sai jeena hai

Kesa maaf krain Tumhari galtiyan
Jaana tum nai sukoon cheena hai

Loota Diya sare toofai tum nai
Bhool Gaye Jo qeemti nagina hai

Nazar andaaz krni absai duniya
Ajaz" ishq Mai Bana nabeena hai

Aaja tuje Mera hunar dekhaoon
Muhabbat ka meri Safar dekhaoon

Jo abaad tha kabi khushiyoon sai
Vo Dil Bana khander dekhaoon

Murjaya payar ka shajar dekhaoon
Dard-e-ishq Mai tutti kamar dekhaoon

Hrr din Marne pai bhi naa mare
Kase yeh Dil hua Ammar dekhaoon

Baag-e-khushi Kai girra Samar dekhaoon
Jawani mai burhi ummer dekhaoon

Sub kahate barbaad Hain ishq Mai Ajaz"
Aaja saff-e-majnu Mai Mera shumar dekhaoon

# English

# Writeups

POETRY WORLD ORG.

Why I hide? What I feel?

It's a deep wound let me heal

You put in tough times, it's ok

I will do nothing, karma's gonna deal


It's a selfish world & I have to face

I'm still alive it's all God's grace

Everyday someone is suffering from anxiety

And you are thinking I'm the single case


It's a game & my task is to live

Definitely, I will win that's my belief

Just tell me the address of happiness

In return I will give everything I can give


There is a world under my soul

Which is unpleasant & damn foul

Forget this, let's go to the highzone

Where is marijuana? Let me roll.

You are my moon

I wish to meet you soon

If someone comes in my way

I will kill him like I'm a goon


You are my pleasant tone

That rings everytime in my phone

I pray our relation stays so strong

Like a tough and hard stone


You are my kite that I've flown

You are my balloon that I've blown

Hey my love! In your paradise

I wish to build a town

Sometimes of tough times

I miss you sometimes

I think of you sometimes

I feel you sometimes

I want you sometimes

I need you sometimes

Sometimes of tough times


You were my good time, sometimes

I miss that time sometimes

Sometimes I think about time

Sometimes the watch stopped

Sometimes the time stopped

Sometimes life stopped

Sometimes we don't have time

Sometimes we just want sometime

I'm fighting the battle of my life's war

By which my heart get bore

I wanna live in the house of happiness

Hey God! Please open each & every door


Hey anxiety! I can't handle you anymore

Everytime I look at me, I feel deplore

Why I'm always stuck in troubles

Where is the happiness? I also wanna explore


I'm done! Wanna cut my head with claymore

I'm hiding my pain by saying let it go & just ignore

When I think about me, my tear becomes river

I can't hear anything like I'm sitting at inshore

You are the one I love the most

For whom my heart became the host

Hey, Come on! Let's write our story

The life of an Angel and the ghost


You are the only reason of my smile

If you are with me, I'm never gonna senile

I only do the worship of yours

I forget God like I'm a gentile


You are my reason to be happy and be alive

In the sea of your eyes I wanna dive

I wish to see you happy all the time

Everyday, everytime I'm busy in this strive

My mom is my world

Like a rain to a cloud

If something wrong happens to her

My tears become flood


She is the reason to live

She teaches me how to forgive

My mom is my God

That's what I believe


I don't want to see her sad

As it makes me feel bad

Hey God! Make it possible

That I can give my life to mom & dad